Gaudinot (Gaston)   1869 - Février - 15

Gaudinot (Gaston)   1869 - Février - 15

CATALOGUE

DES

TABLEAUX

ANCIENS

DÉPENDANT DE LA COLLECTION

De M. le Dr GASTON GAUDINOT

PREMIÈRE PARTIE

Comprenant **125** *Tableaux*

DES ECOLES FRANÇAISE, FLAMANDE, HOLLANDAISE
ET ESPAGNOLE

Dont la Vente aura lieu

HOTEL DROUOT

(Salle n° 8)

Les Lundi 15 et Mardi 16 Février 1869

A DEUX HEURES

EXPOSITIONS

PARTICULIÈRE : LE SAMEDI 13 Février 1869;

PUBLIQUE : LE DIMANCHE 14 Février 1869.

Me CHARLES PILLET	M. HARO, PEINTRE-EXPERT
COMMISSAIRE-PRISEUR,	CHEVALIER DE LA LÉGION D'HONNEUR
Rue Grange-Batelière, 10.	Rue Visconti, 14.

CONDITIONS DE LA VENTE

Elle sera faite au comptant.

Les adjudicataires payeront *cinq pour cent* en sus des enchères.

635. — Paris. Imp. PILLET fils aîné, rue des Grands-Augustins, 5.

Depuis trente ans qu'elle existe, la galerie de **M.** le docteur Gaston Gaudinot est bien connue des amateurs français et étrangers. Nous ne saurions, en conséquence, avoir la prétention de leur révéler l'existence de cette riche collection sur laquelle leur opinion est déjà faite ; nous devons nous borner à énumérer ici les morceaux capitaux des écoles française, hollandaise, flamande et espagnole, qui vont être soumis à l'appréciation des amis de l'art. Je ne nomme ici que les quatre écoles dans lesquelles l'amateur distingué qui possède ces tableaux précieux a fait un premier choix ; sans quoi nous aurions placé en première ligne l'école italienne, supérieurement représentée dans le cabinet du docteur et que nous verrons bientôt, selon toutes probabilités. Mais n'anticipons pas.

Tout d'abord il n'est pas inutile de rappeler comment cette galerie a été formée ; il n'est pas indifférent de savoir qu'elle n'a rien de commun avec ces collections improvisées en quelques semaines par caprice, et dispersées sans plus de raison presque aussitôt. Chacune des peintures dont se compose le cabinet de M. Gaudinot a été tour à tour long-temps convoitée par son possesseur actuel, et, du jour où elle y est entrée jusqu'au jour où elle en sortira, elle aura été pendant de longues années soignée avec passion et quoti-diennement admirée. Il en est un peu de l'œuvre d'art comme de la femme : belle, elle se fait plus belle encore sous le regard qui affirme sa beauté. Cette caresse n'a point fait défaut aux peintures dont nous allons parler.

Après avoir été profondément dédaignés, nos petits maîtres français ont reconquis leur place légitime dans l'estime publique. On en retrouvera un certain nombre et des plus piquants à cette exposition : le *Tir à l'arc* de Lancret, gravé par Larmessin sous le titre de la *Jeunesse;* un grand Pater ; tous les peintres des fêtes galantes, Gillot en tête, en un tableau précieux pour l'histoire de l'art, une sorte de comédie italienne dans un palais à la Véronèse (*si parva licet...*), un souper à la don Juan, mais avec la précision de l'esprit français ; Watteau lui-même, l'illustre et le préféré entre tous, figure au catalogue. L'*Orgie* qui porte ce nom glorieux est assurément un chef-d'œuvre. Par la couleur, par la qualité de la facture, il est digne des plus grands Flamands, de ce puissant Rubens dont Watteau est le petit-fils ; par l'esprit et la grâce l'œuvre est française.

Mais l'absence de signature, l'ampleur de certains types nous font hésiter à affirmer que cette petite merveille soit sortie du pinceau de Watteau. Ce qui est incontestable, c'est que des connaisseurs éminents, dont le nom fait autorité, l'attribuent à cet excellent maître. La composition est charmante de verve et d'entrain. Les étoffes, les accessoires, les draperies, les cristaux, les reliefs de la table sur la nappe éblouissante, les chairs blanches, les chevelures blondes et frissonnantes : tout cela est d'une adresse, d'une habileté et d'une puissance extraordinaires.

Auprès de ce tableau exquis on remarquera encore un Chardin, l'*Oiseau mort*, d'un sentiment adorable ; un Boucher, *le Miroir*, peinture aimable et facile ; une très-belle étude de Fragonard, peinte sur nature, *la Cascade;* un Lantara, œuvre rare ; quatre Joseph Vernet spirituels et enlevés à la pointe de la brosse ; et dans un style plus élevé, une large composition de Claude Lorrain ; un *Calvaire*, de Sébastien Bourdon, d'un grand effet tragique, et des portraits de la belle manière française de Mignard et de Nattier. Je ne citerai, parmi les peintres plus modernes, qu'un Charpentier ravissant et une belle étude d'Eugène Delacroix, datée de 1830, un *Rahjah* indien à l'assaut.

Trois noms seulement représentent l'Ecole espagnole, mais l'un d'eux suffirait à illustrer une galerie : Murillo, Velasquez, Ribera. Ce Murillo est un portrait à mi-corps de quelque jeune seigneur, de quelque infant peut-être. La tête douce, sensuelle, que ses grands yeux font un peu mélancolique, est d'une grande distinction dans son cadre de cheveux soyeux tombant en longues boucles sur les épaules vêtues d'hermine et de velours nacarat. Des trois Velasquez (car il y en a trois), l'un est un admirable *Saint Roch en prière ;* un terrible mendiant en loques, d'une couleur superbe, a servi de modèle au maître. Il n'y a pas à insister sur les qualités de cette belle et forte page, elles se révèleront bien d'elles-mêmes aux yeux des visiteurs.

Les deux autres toiles sont des paysages animés de figures épisodiques. Ici le port de *Civita-Vecchia,* où le bastion circulaire qui baigne dans la lumière du matin est un tour de force de légèreté et de limpidité ; là, un *Débarquement d'armée* sur une côte fortifiée, par un temps lourd, orageux, avec de grandes nuées obliques courant dans le ciel ; les navires suivent le mouvement des vagues, les barques abordent difficilement ; déjà plusieurs compagnies de piquiers et d'arquebusiers se sont reformées sur la plage et se mettent en marche sous la conduite de leurs officiers. Cette petite toile rappelle la liberté du tableau des petits *Cavaliers* du Louvre.

Quant au Ribera, c'est une nature morte d'une puissance d'exécution exceptionnelle. Et pourtant, en fait de natures mortes, la galerie de M. Gaudinot contient encore des œuvres capitales ; deux pendants de Grif, d'une finesse exquise ; un de Haem, précis sans dureté, achevé sans sécheresse, et un **Weenix** d'une perfection qui confond la science et l'adresse de nos peintres naturalistes les plus habiles.

Il est inutile d'avertir que nous venons d'entrer dans le dénombrement des maîtres flamands et hollandais. **Les** deux grands Flamands, Rubens et Van Dyck, figureront au catalogue de la collection ; Rubens pour une *Adoration des mages ;* Van Dyck pour une étude d'enfant, le portrait de la nièce de Rubens, qui se voit dans une œuvre capitale, la *Vierge aux donateurs,* du Musée du Louvre. Un second tableau de Van Dyck est une réplique de la grande composition de *Sainte Rosalie,* bien connue par la belle gravure de Paul Ponce. Dans le tableau du docteur Gaudinot, le saint Paul et l'ange présentant une corbeille, qui occupent les deux angles du tableau primitif, ont disparu, ainsi que la partie supérieure où l'on remarque de petits chérubins traversant le ciel. Quelques accessoires encore, la tête de mort, quelques volumes ouverts au bas des degrés, manquent sur le premier plan ; mais le motif principal est resté intact. Le groupe de la Vierge assise, tenant l'Enfant Jésus, de sainte Rosalie agenouillée, et de saint Pierre, n'a pas été modifié.

Parmi les très-beaux paysages de Berghem qui font partie de cette collection, je signalerai tout particulièrement une *Apparition aux bergers* dans la manière rembranesque ; le catalogue du Musée de Dresde mentionne une composition semblable du même maître et dans le même style. Un autre tableau, le *Soir*, est-il de Berghem? Qui aurait, sinon ce peintre-poëte, trouvé et exprimé ainsi la grande mélancolie des crépuscules? En regard de cette page rêveuse, on placerait volontiers la lumière éclatante du *Midi* de Jean Both, cette page vibrante et joyeuse; l'Ommeganck, si fin; le petit Cuyp, qui est comme une diminution du merveilleux tableau de la galerie San Donato ; le Mommers, si ferme et si large.

Le paysage d'ailleurs occupe une place importante dans ce cabinet, et avant d'arriver aux maîtres consacrés, je suis heureux d'avertir le visiteur qu'il trouvera là une toile des plus intéressantes d'un peintre peu connu en France, Roland Savery (1), le maître d'Everdingen, qui fut lui-même le maître de Ruysdaël. L'œuvre de cet artiste si peu connu est un poëme, le poëme du chêne, étudié avec un amour, une patience et une science qui devancent de trois siècles les efforts des préraphaëlites anglais. Signée en toutes lettres et mieux signée encore aux yeux des connaisseurs par la facture même, datée en outre, cette peinture de Roland Savery aura pour les amateurs français la valeur imprévue d'une révélation. M. Alfred Michiels a pu écrire de Savery : « Il y a tel arbre

(1) M. Alfred Michiels est le seul écrivain qui ait, à ma connaissance, parlé de Roland Savery. Il l'a fait avec une précision de détails qui ne saurait nous étonner de la part de cet historien consciencieux, dans le sixième volume de son *Histoire de la peinture flamande*.

dont il a su faire un chef-d'œuvre ; » et certes le tableau du cabinet Gaudinot donne pleinement raison à l'historien de la peinture flamande.

En sa force et sa naïveté, le tableau des *Pèlerins d'Emmaüs*, de cet artiste oublié par l'histoire, cède le pas cependant aux compositions magistrales de Ruysdaël, au *Moulin à vent*, à l'*Entrée de parc*, et surtout à la grande marine au ciel clair traversé de légères nuées et de vols de mouettes planant, les ailes immobiles, sur la mer houleuse chargée d'embarcations, sur la grande digue ouverte, et dominant l'horizon profond. Le nom de Ruysdaël appelle aussitôt celui d'Hobbema. Voici en effet la clairière favorite du maître, avec son humble mare et ses chaumières rustiques ; voici encore un adorable village rayonnant dans la bruine d'or du soleil couchant au bord d'un petit cours d'eau traversé par une barque.

A de moindres hauteurs, mais infiniment précieux encore, nous nommerons le *Portement de croix*, de Breughel ; la *Vue des fortifications d'Amsterdam*, par Van der Heyden ; le *Port de Dordrecht*, par Smeters ; un Louterbourg d'une facture et d'une composition séduisantes ; un tableau de Sweback, dont l'arrangement est d'une hardiesse étrange.

Il faut clore cette liste de paysagistes ; nous le ferons en appelant l'attention des amateurs sur les œuvres de deux maîtres qui se passent de tout éloge : des marines de Van den Velde et la *Charrette de foin*, de Wouwermans. Et de ce dernier maître qui accorde une importance égale aux personnages et au paysage proprement dit, nous pouvons sans transition passer à quelques peintres de figures dont les noms glorieux ajoutent autant de fleurons à cette riche galerie. Tel est notamment Mieris ; tels encore Metsu, Franz Hals, Craesbecke. La petite *Tentation de saint Antoine*, de Téniers, et ses *Joueurs de boule*, et le grand *Corps de garde*, et le tableau célèbre des *Misères de la guerre*, se classent au premier rang ; je n'y insiste pas. Je préfère m'arrêter, en terminant, à deux tableaux qui, portant de moins illustres signatures, offrent néanmoins un intérêt considérable.

Le premier est une œuvre admirable de Van der Poël ; un *Intérieur de cabaret*. C'est un cabaret de la côte. Dans la vaste salle les buveurs, des marins et des filles, sont attablés ici à de longues tables, là devant des tonneaux chargés de pots et de viandes fumées. L'un d'eux entonne à tue-tête un refrain gaillard que les autres reprennent en chœur et accompagnent en frappant des mains. Au centre l'hôtesse, son chien couché à ses pieds, est assise, occupée à un ouvrage de couture ; elle écoute en souriant tout le vacarme. L'exécution de ce vaste panneau est digne des chefs-d'œuvre de Téniers.

L'autre tableau a une importance historique considérable ; il représente la *Bataille de Malplaquet*, la défaite la plus glorieuse que la France ait jamais éprouvée, « la grande boucherie du siècle, » a dit Michelet. La Hollande et l'Angleterre avaient réuni 130,000 hommes de vieilles troupes contre 90,000, en partie de recrues françaises. Les alliés laissèrent 20,000 morts sur le champ de bataille ; les Français, 7,000. Huctemburgh, le peintre du prince Eugène, a représenté la fin de la journée. A perte de vue, jusqu'à l'horizon plat, par la plaine coupée de bouquets d'arbres, à travers les villages espacés, les troupes alliées sont échelonnées par petits corps d'armée. Mille épisodes sont entassés en cet espace, étroit en somme ; charges de cavalerie, combats d'infanterie, canonnades, mousqueteries, ambulances, chariots chargés de blessés qu'on emporte, morts et mourants foulés aux pieds des chevaux ; tout cela sous un ciel bleu, impassible, où roulent majestueusement de grandes nuées d'or. Du fond de l'azur un groupe de petits génies, porteurs de palmes et de couronnes, s'abat sur le groupe principal où l'on reconnaît, au premier rang, le prince Eugène et Marlborough.

Je n'ai touché qu'aux sommets de cette précieuse galerie, que le public sera prochainement appelé à visiter. Il y aura là 125 tableaux ; il n'est point d'amateur qui n'y trouve amplement à satisfaire sa curiosité.

ERNEST CHESNEAU.

TABLEAUX

DES ECOLES

FRANÇAISE, FLAMANDE, HOLLANDAISE ET ESPAGNOLE

TABLEAUX

AUBÉE

1 — Le Cordonnier galant.

Une jeune bourgeoise est assise dans la boutique d'un cordonnier qui, agenouillé devant elle, prend la mesure de son pied. La maîtresse de la maison, tenant un enfant dans ses bras, paraît les observer.

A gauche, des ouvriers travaillent en chantant.

Bois. Haut., 30 cent., larg., 33 cent.

BAR

(BONAVENTURE DE)

2 — Le Joueur de flûte.

Assis sur l'herbe, un jeune seigneur entoure la taille d'une jeune femme qui paraît distraite par le son d'une flûte qu'un jeune pâtre assis plus loin fait entendre.

Bois. Haut., 20 cent.; larg., 25 cent.

BAUDOIN

3 — La Fille mal gardée.

Étude.

Toile. Ovale. Haut., 35 cent ; larg., 25 cent.

BEGA

(dit KORNÉLIS BEGYN)

4 — Le Cabaret.

A la porte d'un cabaret, est assis un homme fumant sa pipe ; près de lui, une jeune servante, un pot à la main, écoute les propos galants d'un compère.

Bois. Haut., 38 cent.; larg., 28 cent.

BERGHEM

(NICOLAS)

5 — L'Annonciation aux bergers.

Signé.

Bois. Haut., 25 cent. larg., 20 cent.

BERGHEM

6 — La Promenade.

Seigneurs à cheval accompagnés d'une meute de chiens regagnant leur demeure. Au point le plus élevé de la route, on aperçoit un paysan et une femme montée sur son âne. Une rivière coule au bas de la colline.

Signé à gauche, *Berchem*.

Toile. Haut., 58 cent.; larg., 75 cent.

BERGHEM

7 — Le Repos.

Au premier plan, dans une vaste prairie, un troupeau de vaches; à gauche, des brebis et une chèvre; plus loin, la bergère est assise en compagnie d'un chien.

Signé à droite du monogramme, *B. C.*, et daté 1654.

Toile. Haut., 41 cent.; larg., 50 cent.

BERGHEM

8 — Paysage et Animaux.

Une vache est couchée dans l'herbe; un pâtre, appuyé sur son âne, cause avec une bergère occupée à filer. De grands arbres bordent la route, des paysans conduisent une charrette traînée par des bœufs ; cet attelage est placé dans la partie du tableau ombragée par les grands arbres.

Signé en bas à droite, *Berchem*.

Bois. Haut., 47 cent.; larg., 63 cent.

BERGHEM

9 — Le Soir.

Une jeune bergère est occupée à traire ses vaches, attendant le signal du départ pour reprendre le chemin de l'étable.

Toile. Haut., 62 cent.; larg., 66 cent.

BOISSIEU

(JEAN-JACQUES)

10 — Les Buttes Montmartre.

Étude d'après nature.

Signé du monogramme et daté 1790.

Bois. Haut., 25 cent.; larg., 48 cent.

BOTH

(JEAN, dit BOTH D'ITALIE)

11 — Cascatelle de Terni, près Rome.

Entre deux rochers, une cascade se précipite dans le
torrent. Un chevrier avec sa chèvre, appuyé sur un bâton,
regarde et paraît écouter. Au-dessous de lui un faon. Dans
le lointain, sur la montagne, on aperçoit une fabrique.

Toile. Haut., 1 m. 75 cent.; larg., 84 cent

BOTH

12 — Soleil couchant.

Une barque chargée d'animaux, surveillée par des
pâtres, aborde le rivage. Deux personnages accompagnés
de leur domestique, tenant un cheval par la bride, attendent le débarquement.

Signé à droite.

Toile. Haut., 51 cent.; larg,. 53 cent.

BOTH

13 — Paysage et Animaux.

Dans une prairie très-accidentée, une jeune servant est occupée à traire ses vaches.

Des pâtres se livrent au plaisir de la pêche.

Sur un pont, passe la voiture d'un seigneur accompagné de sa suite.

Les personnages et les animaux sont attribués à *Berghem*.

Signé à gauche et daté 1651.

Bois. Haut., 51 cent.; larg., 71 cent.

BOTH

14 — Le Midi.

A l'ombre, sur le bord d'un chemin, auprès d'une mare entourée de rochers couverts de plantes brûlées par le soleil, est assis un paysan. Une voiture attelée de deux bœufs est conduite par un pâtre ; des animaux paraissent sur la hauteur, suivis d'une paysanne montée sur son âne.

Signé en toutes lettres au milieu des broussailles, dans le milieu du tableau.

Toile. Haut., 48 cent.; larg., 64 cent.

BOUCHER

(FRANÇOIS)

15 — Le Miroir.

Une charmante enfant est assise sur un coussin, une corbeille de fleurs est près d'elle.

Un amour tient devant elle un miroir où elle se regarde, un autre amour est à ses pieds.

Toile. Haut., 47 cent.; larg., 41 cent.

BOUCHER

16 — La Balançoire.

Une jeune fille se tient par la main à la branche d'un arbre, et un jeune garçon s'appuie fortement pour maintenir la balançoire.

Signé au bas à droite *F. Boucher*, et daté 1738.

Toile. Haut., 78 cent. ; larg., 89 cent.

BOURDON

(SÉBASTIEN)

17 — Le Calvaire.

Le Christ est expiré entre les deux larrons, les saintes femmes soutiennent la vierge Marie évanouie. Saint Jean se tient debout, pendant qu'un groupe de soldats jouent aux dés la robe de Jésus.

Cuivre. Haut., 28 cent.; larg., 37 cent.

BOURGUIGNON

18 — Bataille.

Au pied d'une forteresse, un combat est engagé, les morts et les chevaux couvrent le champ de bataille. Un cavalier, le sabre à la main, entraîne les soldats à la poursuite des Turcs.

Toile. Haut., 20 cent.; larg., 34 cent.

BOURGUIGNON

19 — Bataille.

Deux cavaliers sont aux prises; de tous côtés le combat est engagé.

Toile. Haut., 20 cent ; larg., 34 cent.

BREUGHEL
(dit DE VELOURS)

20 — Fuite en Égypte.

A la lisière d'une forêt, saint Joseph, le bâton à la main, accompagne la Vierge ; elle est montée sur un âne et porte entre ses bras l'enfant Jésus.

Cuivre. Haut., 28 cent.; larg., 41 cent.

BREUGHEL

21 — Le Gué. — Pendant du précédent.

Paysans conduisant des voitures chargées de personnages et de marchandises, traversant un gué pour se rendre à la ville qu'on aperçoit dans le lointain.

Derrière eux, un cavalier avec son chien attend pour passer à son tour.

Signé à droite, *Brueghel*, et daté 1659.

Cuivre. Haut., 28 cent.; larg., 41 cent.

BREUGHEL

22 — Le Village.

Des paysans traversent avec leur charrette un village près duquel on voit une mare où des vaches vont se désaltérer.

Cuivre. Haut., 16 cent.; larg., 21 cent.

BREUGHEL

23 — Le Portement de Croix.

Jésus est conduit au Calvaire accablé sous le poids de sa croix ; dans le lointain, les saintes femmes se trouvent sur son passage.

Bois. Haut., 21 cent.; larg., 20 cent.

CHARDIN

24 — L'Oiseau mort.

Une jeune fille tient à la main une cage et paraît douloureusement surprise de la mort de son chardonneret.

Toile. Haut., 45 cent.; larg., 37 cent.

CHARPENTIER

25 — Bataille d'Écoliers

Toile. Haut., 35 cent.; larg., 25 cent.

CHARPENTIER

26 — La Bouquetière.

Assise, sa corbeille renversée, une jeune fille en larmes, les bras levés, paraît au désespoir, tandis qu'un jeune garçon s'éloigne en tenant une rose qu'il vient de lui ravir.

Signé à gauche.

Toile. Haut., 35 cent.; larg., 25 cent.

CHARPENTIER

27 — La Marchande de fruits.

Jeune fille assise tenant devant elle une hotte dans laquelle se trouvent des pommes et des pêches, qu'un jeune cuisinier paraît lui marchander.

Signé à gauche.

Bois. Haut., 31 cent.; larg., 23 cent.

CRAESBECKE

(JOOST VAN)

28 — Intérieur d'un Cabaret.

Dans un cabaret, des buveurs sont attablés; ils chantent, boivent et fument. Une femme soutient l'un d'eux qui, surpris par de fréquentes libations, paraît indisposé.

Bois. Haut., 22 cent.;   g. 28 cent.

CUYP

(ALBERT)

29 — Paysage et Animaux.

Sur le bord d'une prairie baignée par la mer, trois

vaches sont au pâturage; des barques poussées par le vent animent ce paysage éclairé par le soleil couchant.

Bois. Haut., 24 cent.; larg., 35 cent.

DELACROIX

(EUGÈNE)

30 — Radjah indien à l'assaut.

Ce tableau a appartenu à la famille d'Orléans.

Signé et daté 1830.

Toile. Haut., 35 cent.; larg., 28 cent.

DOES

(SIMON VAN DER)

31 — Repos d'Animaux.

Repos d'animaux, montagnes, etc., etc, dans un paysage avec ruines.

Bois ovale, 25 cent.

DUPLESSIS

32 — Halte de Cavaliers.

Trois cavaliers sont près du mur d'une ville fortifiée; l'un d'eux est descendu de son cheval qu'il tient par la bride, tandis qu'une femme offre des rafraîchissements aux deux autres.

Signé à gauche, *Duplessis*.

Toile. Haut., 48 cent.; larg., 35 cent.

DYCK

(ANTON VAN)

33 — Portrait de la Nièce de Rubens.

Cette tête d'étude se trouve peinte dans une œuvre capitale du maître que possède le musée de Louvre : *la Vierge aux Donateurs*.

Toile. Haut., 44 cent.; larg., 37 cent.

DYCK

34 — Sainte Rosalie. (Réplique.)

La Vierge assise tient sur ses genoux son Fils, qui e penche vers sainte Rosalie agenouillée, et lui remet une couronne de fleurs; saint Pierre tient dans ses mains les clefs du Paradis.

Au bas du tableau se trouve une touffe de lis.

Toile. Haut., 1 m. 55 cent.; larg., 1 m. 98 cent.

FRAGONARD

35 — La Cascade.

Des pêcheurs sont au bas d'une cascade; une femme, avec son enfant jouant avec un chien, s'adresse à une vieille qui débite le produit de la pêche.

Etude d'après nature.

Toile. Haut., 60 cent.: larg., 70 cent.

FRAGONARD

36 — La Toilette champêtre.

Dans un parc, une jeune fille, achevant sa toilette, est assise près d'une fontaine peuplée d'amours espiègles.

Bois. Haut. 33 cent.; larg., 25 cent.

FRAGONARD

37 — Jeunes Enfants jouant avec un chat.

Une jeune fille vêtue d'un peignoir rose garni de fourrure est assise dans un salon; elle tient sur ses genoux un chat qu'elle caresse. Un enfant, le bras appuyé sur un coussin, se penche vers elle et regarde jouer le chat.

Toile. Haut., 65 cent.; larg., 80 cent

GILLOT

38 — Le Bal.

Dans une vaste salle ornée de colonnes, plusieurs personnages assistent à la danse, des artistes font de la musique et des serviteurs préparent des rafraîchissements

Toile. Haut., 50 cent.; larg., 59 cent.

GRIF

(ANTON)

39 — Fruits et Oiseaux.

Un lièvre est suspendu par une patte ; près de lui sont des oiseaux, un melon, une grenade, du raisin et des pêches ; un coq d'Inde est perché sur une branche d'arbre.

Signé en bas à gauche, *A Gryef F.*

Toile. Haut., 38 cent.; larg., 51 cent.

GRIF

40 — Fruits et Nature morte.

Un coq blanc est suspendu par la patte ; près de lui, des fruits, pastèques, etc., etc.

Signé à droite, *A. Gryef F.*

Toile. Haut., 38 cent.; larg., 51 cent.

GUDIN

41 — Marine.

Effet de lune.

Signé au bas, à droite, et daté 1854.

Toile. Haut., 44 cent.; larg., 61 cent.

GUIGNIET

(ADRIEN)

42 — Un Condottiere panse sa blessure, le pied appuyé sur une pierre.

Bois. Haut., 30 cent.; larg., 31 cent.

HALS

(FRANS)

43 — Buveur flamand.

Toile. Haut., 60 cent.; larg., 47 cent.

H E E M

(DAVID DE)

44 — Fruits.

Sur une table couverte d'un tapis vert est placée une corbeille remplie de fruits ; une abeille se repose sur un coquillage. Sur le bord, dans un plat d'argent, sont des pêches et des écrevisses.

Signé du monogramme à droite sur le bord de la table.

Bois. Haut., 63 cent.; larg., 53 cent.

HEYDEN

(JEAN VAN DER)

45 — Vue des Fortifications d'Amsterdam.

Quelques arbres sont plantés devant les maisons à façades pittoresques qui se reflètent dans le canal.

Bois. Haut., 35 cent.; larg., 50 cent.

HOBBEMA

(MEINDERT ou MENDER-HOUT)

46 — Paysage et Animaux.

Un pâtre conduit des vaches à l'abreuvoir ; des brebis paissent, d'autres se reposent.

Au second plan, une chaumière rustique sur le bord d'un chemin.

Les animaux sont d'Adrien Van den Velde.

Signé à droite, *M. Hobbema.*

Bois. Haut., 60 cent.; larg., 82 cent.

HOBBEMA

47 — Soleil couchant.

Au bord d'une rivière, est placé un joli village aux toitures chaudes, éclairées par un soleil couchant.

Au milieu, un moulin d'où s'échappent des eaux mousseuses. Au premier plan, une barque.

Signé à droite, *M. Hobbema.*

Bois. Haut., 23 cent.; larg., 32 cent.

HUCTENBURG

(JEAN VAN)

48 — Bataille de Malplaquet.

En bas à droite, on lit l'inscription suivante :
B. Blangies en Malplaquet, 10 *septembre* 1709.

Toile. Haut., 62 cent.; larg., 79 cent.

HUYSMANS

(CORNELIS)

49 — Paysage.

A droite, sur le bord d'un chemin, un paysan se repose au pied d'un monticule surmonté de grands arbres.

Plus loin, près d'une rivière, une femme indique le chemin à des campagnards.

Toile. Haut., 37 cent.; larg., 46 cent.

KALRAAT

50 — Paysage.

Sur une route, près d'un pont rustique, un personnage monté sur un cheval blanc précède des paysans qui se rendent à la ville avec leurs bestiaux chargés de provisions.

Deux autres cavaliers paraissent se diriger vers un château qu'on aperçoit au second plan.

Signé au bas à droite, *Kalraat.*

Bois. Haut., 41 cent.; larg., 64 cent.

KONING

(PHILIP)

51 — Paysage.

Un seigneur à cheval, accompagné d'un paysan et de son chien, traverse une forêt; au pied d'un monticule, deux autres personnages sont arrêtés et causent ensemble au bord d'une route conduisant à un village qu'on aperçoit dans le lointain.

Bois. Haut., 58 cent.; larg., 85 cent.

LANCRET

(NICOLAS)

52 — Paysage et Figures.

Près d'une cascade, au pied d'un épais buisson ombragé par deux beaux arbres, un jeune seigneur est étendu sur l'herbe auprès d'une dame assise. Deux groupes causent derrière eux ; sur le premier plan, une jeune fille cueille des fleurs ; dans le lointain, un jeune garçon apporte des provisions sur sa tête.

Toile. Haut., 1 m.; larg., 80 cent.

LANCRET

53 — La Jeunesse.

Dans un parc, des jeunes gens tirent à l'arc en présence de plusieurs groupes de personnages.

Gravé par *Larmessin*.

Toile. Haut., 38 cent.; larg., 45 cent.

LANTARA

(SIMON-MATHURIN)

54 — Clair de lune.

Sur les bords d'une rivière, des pêcheurs surpris par la fraîcheur de la nuit ont allumé un grand feu pour se réchauffer.

On aperçoit les ruines d'un vieux château.

Signé au bas à droite. Daté **1761.**

Toile. Haut., 39 cent.; larg., 52 cent.

LEPRINCE

(Le Vieux)

55 — L'Odalisque.

Un vieux pacha, tenant son narghilé, regarde une odalisque endormie. On aperçoit dans le demi-jour, au deuxième plan, un second personnage.

Un brûle-parfums d'une forme élégante est posé sur un riche tapis.

Toile. Haut., 45 cent.; larg., 35 cent.

LIEVENS

(JEAN)

Élève de Rembrandt.

56 — Le Centenier.

Dans une forêt, le Christ écoute le Centenier qui, agenouillé à ses pieds, lui demande la guérison de son serviteur malade. Les disciples de Jésus se tiennent près de lui; dans le fond, des cavaliers armés de lances.

Signé du monogramme et daté 1657.

Toile. Haut., 86 cent.; larg., 69 cent.

LINGELBACH

(JOHANNÈS)

57 — Le Campo-Vaccino.

Sur le premier plan, un marché; dans le fond, on aperçoit des colonnes romaines, un arc de triomphe et les
ruines du Colysée.

Un charlatan captive la curiosité de la foule.

Signé à gauche *Lingelbach*, 1670.

Toile. Haut., 62 cent.; larg., 83 cent.

LORRAIN

(CLAUDE GELÉE, dit Le)

58 — Paysage.

Un magnifique paysage , dont toute la partie droite
offre une masse d'arbres devant laquelle on remarque un
moulin; plus loin , derrière des rochers, s'échappe une
source qui tombe en cascade. Vers la gauche, s'élève un
bel arbre, derrière lequel le terrain, coupé par des arbustes
et des prés, se prolonge vers l'horizon terminé par des
montagnes; un pâtre et sa femme occupent avec leur
troupeau le premier plan.

Acquis à la vente de M. le baron de Camaille.

Tiré du cabinet de M. Muyeuvre de Champrieux ; gravé à l'eau-forte par son ami et très-humble J.-J. Boissieux.

Signé à droite et daté 1679.

Toile. — Haut., 70 cent.; larg., 110 cent.

LOUTERBOURG

59 — Le Jour du Marché.

Tout en jouant de la flûte, un paysan monté sur un vieux cheval conduit un troupeau au marché.

Sur la colline, d'autres paysans amènent également leurs troupeaux.

Provient de la collection du marquis de Soyecourt.

Bois. Haut., 27 cent.; larg., 38 cent.

MARNE

(JEAN-LOUIS DE)

60 — Le Vieux Berger.

Un vieux berger, assis sur un tronc d'arbre, captive l'attention de trois femmes, dont l'une porte un chevreau.

On voit quelques brebis au repos ; un taureau et des vaches, dont une se désaltère dans le ruisseau qui baigne la prairie.

Toile. Haut., 32 cent.; larg., 40 cent.

MARNE

61 — Le Gué.

Une paysanne, montée sur son âne, regarde un jeune
enfant grimpé sur les épaules de son père; en arrière, une
femme lui offre une pomme; un chien accompagne
le troupeau.

Derrière ce groupe, on voit deux chèvres : l'une broute
les feuilles d'une branche d'arbre ; l'autre, blanche, la
clochette au cou, est en avant, se retournant vers sa com-
pagne.

Toile. Haut., 32 cent.; larg., 40 cent.

METSU

(GABRIEL)

62 — La Cuisinière hollandaise.

Une jolie Hollandaise, au corsage noir, à la robe rouge
et les manches retroussées, est assise devant une table ;
elle est occupée à gratter des poissons. Un chaudron
en cuivre destiné à les recevoir est près d'elle.

Signé à gauche *G. Metsu*.

Bois. Haut., 25 cent.; larg., 20 cent.

MIÉRIS

(HANS VAN)

63 — Les Artistes.

Sur les marches d'un péristyle, des artistes sont au repos; deux s'amusent avec un chat; une jeune dame et un
seigneur font sortir de la cage un petit oiseau auquel ils
donnent la becquée.

Dans le fond, une statue d'Hercule.

Bois. Haut., 47 cent.; larg., 34 cent.

MIGNARD

(PIERRE)

64 — La Duchesse de Bourgogne, enfant.

La jeune princesse est assise sur les marches d'un esca-
lier, revêtue d'une robe de satin blanc, ornée d'agrafes et
de pierres précieuses; un manteau de soie bleu couvre
son épaule et recouvre la charmante petite-fille de
Louis XIV. Elle tient un ruban attaché à la patte d'un
pinson, auquel elle accorde une liberté éphémère.

Toile. Haut., 74 cent.; larg., 92 cent.

MOMMERS

63 — Scène champêtre.

Sur le premier plan, à gauche, des moutons et une chèvre sont au repos; devant eux, un vase en cuivre est renversé sur l'herbe; derrière, une bergère trait une chèvre qu'un jeune garçon tient par le col; à droite, un homme est assis sur l'herbe entre un âne et un mouton.

On voit dans le lointain une vaste campagne.

Signé en toutes lettres, *Mommers*, sur un bois, à gauche.

Toile. Haut., 65 cent.; larg., 90 cent.

MONI

(JEAN DE)

66 — Les Bulles de Savon.

Une fillette aux blonds cheveux tient dans sa main un vase de terre contenant de l'eau savonneuse, dont son compagnon se sert pour lancer des bulles d'air, qu'elle regarde avec attention.

Une cage est suspendue à la fenêtre au-dessus d'un rosier.

Magnifique signature à gauche, *L. de Moni F.*

Toile. Haut., 31 cent.; larg., 39 cent.

MOUCHERON

(FRÉDÉRIK)

67 — La Chasse.

Une dame et un seigneur partent pour la chasse; des domestiques tiennent des chiens en laisse, un autre ouvre la marche portant sur le poing des faucons chaperonnés. Dans le lointain, un château avec un grand lac qui se déverse dans une rivière au moyen d'une cascade. Plus loin, des bergers conduisant des animaux. De grands arbres s'élèvent majestueusement dans ce ravissant paysage.

Bois rond. Haut., 24 cent.; larg., 24 cent.

MURILLO

(BARTHOLOMEO-ESTEBAN)

68 — Portrait d'homme.

Le personnage, recouvert d'un manteau, porte sur sa poitrine un riche collier.

Signé à droite et daté 1677. — Magnifique signature.

Toile. Haut., 67 cent.; larg., 51 cent.

NATTIER

(JEAN-MARC)

69 — Madame Victoire-Henriette-Adélaïde de France, fille de Louis XV.

La princesse, les cheveux relevés et poudrés, vêtue d'un peignoir blanc, est assise près d'une fontaine dans un parc, le menton appuyé sur une main et tenant un livre dans l'autre.

Toile. Haut., 95 cent.; larg., 76 cent.

NATTIER

70 -- Portrait de Marie Leczinska, femme de Louis XV.

La reine est vêtue d'une robe de riche étoffe, elle porte les cheveux poudrés et recouverts d'une pointe en dentelle noire.

Gravé.

Toile. Haut., 56 cent.; larg., 49 cent.

NATTIER

71 — Marie-Victoire-Sophie de Noailles, comtesse de Toulouse.

Elle est représentée en sainte Geneviève gardant un troupeau, sa quenouille au côté; elle tourne dans ses doigts son fuseau; près d'elle est sa houlette et son agneau favori.

Toile. Haut., 1 m.; larg., 78 cent.

NEER

(AART VAN DER)

72 — Lever de lune.

Des animaux sont en marche sur le bord d'un chemin. Une barque est sur le rivage; la lune, en partie dérobée par un nuage, éclaire un bac qui aborde, chargé de deux cavaliers.

Signé à gauche, du monogramme.

Bois. Haut., 43 cent.; larg., 64 cent.

NEER

73 — La Nuit.

La lune, entourée d'épais nuages, se reflète dans la rivière, sur laquelle on voit plusieurs barques, et qui sépare le village de la campagne ; à l'horizon quelques maisonnettes.

Signé à gauche du monogramme.

Bois. Haut., 32 cent.; larg., 42 cent.

OMMEGANCK

(BALTHAZAR-PAUL)

74 — La Bergère.

Une jeune bergère, coiffée d'un chapeau de paille, file en gardant son troupeau : sa vache est près d'elle ; un bélier, une brebis et un agneau sont couchés sur l'herbe.

Signé, BP. O. F.

Haut., 33 cent.; larg., 43 cent.

OSTADE

(ISACK VAN)

75 — Le Cabaret.

Les buveurs, assis devant une table, chantent et fument.

Gravé par Van Ostade.

Bois. Haut., 27 cent.; larg., 18 cent.

PATER

76 — Fête champêtre.

Sur le premier plan à gauche, à l'ombre de grands arbres, où se trouve une fontaine, un groupe de personnages écoute un musicien qui joue de la vielle. A droite, une jeune femme élégamment vêtue tend la main à un jeune seigneur et s'apprête à danser. Plus loin, de jeunes enfants jouent avec des fleurs.

Au second plan, d'autres personnages étendus sur l'herbe. Dans le lointain, un village.

Toile. Haut., 87 cent.; larg., 1 m. 10 cent.

POEL

(EGBERT VAN DER)

77 — Intérieur de Cabaret.

Des buveurs et des femmes attablés dans un cabaret chantent en chœur.

Au premier plan, la maîtresse du logis, son chien à ses pieds, s'occupe à un ouvrage de couture.

Sur le plancher, à gauche, des plats, des vases et des légumes; sur une table, d'autres vases et un jambon.

Conservation remarquable.

Signé à gauche *Egbert Van den Poel*, et daté 1646.

Bois. Haut., 61 cent.; larg., 84 cent.

POELENBURG

(KORNELIS)

78 — La Ruine.

Une jeune fille jouant de la flûte, conduit des chèvres; une femme la suit, portant un paquet sur sa tête; un homme se tient debout au pied d'une ruine antique.

Bois, Haut., 18 cent.; larg., 24 cent.

POELENBURG

79 — Diane au bain.

La déesse entourée de ses nymphes se baigne dans un cours d'eau qui traverse un paysage accidenté.

Signé à gauche des initiales *C. P.*

Bois. Haut , 16 cent.; larg., 22 cent.

PYNAKER & LINGELBACH

80 — Paysage et Animaux. — Vue de la Tour de Civita-Metella.

Près de la tour tombant en ruines de Civita-Metella, et où semble se diriger un paysan avec son âne chargé de provisions, deux cavaliers suivis de leurs pages descendent de cheval. A droite, un vieillard est assis auprès d'une bergère qui file ; à gauche, un paysan se repose sur l'herbe ; devant lui, un lac apparaît au bas d'un monticule boisé et éclairé par les derniers rayons du soleil.

Signé à gauche, *A. Pinaker.*

Signé à droite, *J. Lingelbach.*

Toile. Haut., 75 cent.; larg., 65 cent.

RIBERA

(JOSEF, dit l'ESPAGNOLET)

81 — Nature morte.

Sur une table en pierre sont placés un vase de cuivre, une grenade et un lièvre mort. Un domestique tient entre ses mains un plat recouvert d'un linge blanc. Au second plan, est un panier sur lequel se trouvent des pigeons et un lapin ; un gros chat blotti attend le moment où il pourra saisir l'objet de sa convoitise.

Signé à droite du monogramme, *R.*

Toile. Haut, 1 m. 7 cent.; larg., 1 m. 18 cent.

ROLAND SAVERY

82 — Les Pèlerins d'Emmaüs. — Paysage.

Sur la lisière d'une forêt, Jésus apparaît aux pèlerins d'Emmaüs. Des cerfs effrayés s'enfuient avec vitesse.

A droite, on voit un château à travers les buissons.

Signé à droite en toutes lettres et daté 1623.

Bois. Haut., 47 cent.; larg , 85 cent.

ROMEYN

(VAN)

83 — Paysage et Animaux.

Près d'une ferme, un nombreux troupeau se repose sous la garde de deux bergères, dont l'une est occupée à traire une vache blanche.

Des brebis et une chèvre sont couchées au bord du chemin. Dans le lointain, la campagne. Ciel nuageux.

Toile. Haut., 41 cent.; larg., 51 cent.

4

RUBENS ?

(PETER-PAULUS)

Né en 1577 ; mort en 1640.

84 — L'Adoration des Rois mages.

L'étoile miraculeuse a conduit les Rois mages à Bethléem ; ils trouvent l'Enfant Jésus dans une crèche, ils l'adorent et lui offrent leurs présents.

Toile. Haut., 96 cent.; larg., 73 cent.

RUYSDAEL

(JACQUES)

85 — Marine.

Des barques de pêcheurs rentrent au port ; le ciel est nuageux, la mer est agitée.

Signé au bas à gauche, sur une planche, *Ruysdael.*

Provient de la collection de M. le marquis de Soyecourt.

Bois. Haut., 43 cent.; larg., 3 cent.

RUYSDAEL

86 — Le Moulin à Vent.

Des voyageurs s'éloignent à travers les arbres; un chemin longe une rivière. Dans le lointain on voit un moulin
à vent sur un monticule.

Signé à droite, *Ruysdaël.*

Haut., 46 cent.; larg., 43 cent.

RUYSDAEL

87 — Paysage.

Un grand parc dans lequel se voient des arbres de
toutes espèces, une habitation sur la droite; des chèvres
et des brebis broutent l'herbe, tandis que le berger à gauche, au premier plan, s'endort. Un bel arbre s'élève vers
un ciel bleu traversé par des nuages.

Signé à gauche du monogramme, *J. R.*

Toile. Haut., 64 cent.; larg., 52 cent.

RUYSDAEL & BERGHEM

88 — Paysage et Animaux.

Dans un chemin bordé par un ruisseau, un berger conduit son troupeau. Un campagnard monté sur un cheval

vient vers lui. Des animaux sont au pâturage dans la campagne accidentée par des rochers et ombragée par de beaux arbres.

Signé à droite, *Ruysdaël*.

Signé à gauche, *Berghem*.

Haut., 65 cent.; larg., 85 cent.

SCHALKEN

(GOTTEFRIED)

89 — La Bulle de Savon.

Un jeune enfant coiffé d'un turban surmonté d'une aigrette, assis sur un tapis de Smyrne, tient d'une main un coquillage et de l'autre un chalumeau, d'où sort une bulle de savon.

Signé à droite, *G. V. S. F.*

Haut., 37 cent.; larg., 31 cent.

SMETERS

90 — Port et Ville de Dordrecht.

Au premier plan, sur le rivage, des pêcheurs ont étendu leurs filets ; une barque, poussée par le vent, gagne le large.

Au deuxième plan, sur la rive opposée, le port de

Dordrecht avec de nombreux bâtiments; un soleil couchant éclaire la ville.

Signé à droite du monogramme.

Bois. Haut., 52 cent ; larg., 74 cent.

SENAVE

91 — Le Marchand d'images.

Jeune paysanne entourée de ses enfants , regardant des images que leur présente un colporteur.

Bois. Haut., 29 cent.; larg., 34 cent.

SWEBACK

92 — Le Cheval pie.

Dans un paysage, près d'un gros arbre, un cheval, la tête relevée, devant une barrière en planches, se tient et paraît écouter.

Signé à droite du monogramme.

Bois. Haut., 23 cent.; larg., 30 cent.

SWEBACK

93 — Le Convoi.

Près d'un puits, sur le bord d'une route, un paysan donne à manger à un cheval qui a encore sa charge;

deux hommes sont assis et attendent ; à droite, une
chaumière rustique en partie cachée par les broussailles. Au bout du chemin paraît une femme montée sur
son âne, une autre la suit portant sur sa tête un lourd
fardeau. Dans la vallée, un convoi, etc. Un rayon de soleil
éclaire un riche champ de blé.

Bois. Haut., 40 cent.; larg., 60 cent.

TAUNAY

94 — L'Anachorète.

A l'entrée d'une grotte, un solitaire est en prière ; une
jeune fille lui présente une tasse de lait qu'elle vient de
traire.

Derrière, un pâtre qui veille à son troupeau.

Toile. Haut., 31 cent.; larg., 24 cent.

TENIERS

(LE JEUNE. — DAVID)

95 — Le Printemps. — Vue du Rhône.

A gauche, sur le premier plan, au bord d'un chemin,
un paysan, assis sur l'herbe et jouant de la cornemuse,

fait paître ses vaches et ses brebis; un autre, appuyé sur son bâton, conduit des porcs.

A droite, sur le second plan, le Rhône coule au bas d'un monticule élevé.

Signé du monogramme, gravé.

Bois. Haut., 30 cent.; larg., 35 cent.

TENIERS

96 — Tentation de saint Antoine.

Saint Antoine est dans sa grotte, agenouillé devant un crucifix; le démon, sous la figure d'une femme, est placé derrière lui. Des animaux fantastiques apparaissent et cherchent à le distraire de son oraison.

Signé sur l'épaule du saint du monogramme *T*.

Bois. Haut., 13 cent.; larg., 17 cent.

TENIERS

97 — Les Joueurs de boules.

Signé à droite du monogramme. Gravé.

Toile. Haut., 42 cent ; larg., 50 cent..

TENIERS

98 — Le Savant.

Un savant, enveloppé d'une robe de chambre, est assis
devant une table sur laquelle sont placés différents ob-
jets; il tient à la main une lettre et paraît réfléchir.

Signé à gauche.

Bois. Haut., 45 cent.; larg., 38 cent.

TENIERS

99 — Les Misères de la Guerre.

Des soldats, après s'être emparés d'un village flamand, y
répandent la terreur; un prêtre, les mains garrottées, est
fait prisonnier; une vieille sort effrayée d'une maison
livrée au pillage.

Signé à droite, *D. Teniers F.* — Gravé.

Toile. Haut., 31 cent.; larg., 42 cent.

TENIERS

100 — Un Corps de Garde.

Dans un corps de garde, sur le premier plan, des officiers jouent aux cartes ; derrière eux, des soldats éclairés par une lanterne font de même.

A gauche, des cuirasses, casques, tambour, selles, brides, étriers, etc., etc. A droite, par terre, un casque, des timbales et un drapeau forment un trophée.

Dans le fond, on aperçoit les remparts de la ville et quelques groupes d'habitants.

Belle composition du maître, éclatante de couleur. Provient de la galerie du marquis de Soyecourt.

Signé au milieu sur un escabeau, *D. Teniers*.

Toile. Haut., 62 cent.; larg., 92 cent.

VELASQUEZ

(DON DIEGO RODRIGUEZ DE SILVA)

101 — Saint Roch en prière.

Saint Roch, agenouillé devant une croix, tient entre ses doigts un chapelet ; une clarté lumineuse sort des ouver-

tures d'une grotte et vient éclairer ses vêtements déla-
brés.

Un petit chien est à ses genoux.

Œuvre capitale.

Toile. Haut., 1 m. 30 cent.; larg., 1 m. 3 cent.

VELASQUEZ

102 — Intérieur de Port (Civita-Vecchia).

Sur un quai, se trouvent déposés des sacs et des barri-
ques. Des personnages, aux costumes de différentes nations,
entourent une table de jeu. Des seigneurs espagnols,
l'épée au côté, se tiennent à l'écart; derrière eux, un personnage isolé semble observer les joueurs.

Toile. Haut., 55 cent.; larg., 72 cent.

VELASQUEZ

103 — Le Débarquement.

Des corps de troupes, qui viennent de débarquer, défi-
lent sous la conduite de leurs officiers.

Toile. Haut., 50 cent.; larg., 72 cent.

VELDE

(ADRIAAN VAN DEN)

104 — Le Bac.

Une barque chargée de passagers, dont l'un est monté sur un cheval blanc, va aborder le rivage. Les eaux, par leur limpidité, reflètent les personnages.

Au deuxième plan, sur la rive opposée, on voit un arbre, une hôtellerie et un lointain qui donnent un nouveau charme à ce ravissant tableau.

Signé sur la barque.

Bois. Haut., 29 cent.; larg., 30 cent.

VELDE

(ADRIAAN VAN DEN)

105 — Paysage et Animaux, après l'orage.

Sur le premier plan un troupeau de vaches et de bœufs rentre à la ferme.

Signé à droite, *A. V. Velde.*

Haut., 24 cent.; larg., 32 cent.

VELDE

(ADRIAAN VAN DEN)

106 — Le Retour à la Ferme.

Un pâtre ramène à l'étable sa vache et des brebis ; une bergère montée sur son âne les suit.

Signé du monogramme.

Bois. Haut., 21 cent.; larg., 27 cent.

VELDE

(W. VAN DEN)

1633 — 1707.

107 — La Rade.

Une barque, montée par des pêcheurs, cherche à gagner le large pour rejoindre un vaisseau qui se balance au gré du vent ; une seconde barque gagne le rivage, d'autres se tiennent près de la côte.

Quelques ruines se voient au sommet d'une montagne.

La mer est calme et transparente.

Signé sur le vaisseau *V. de Velde*. — Daté 1650.

Toile. Haut., 1 m.; larg., 1 m. 24 cent.

VELDE

(W. VAN DEN)

108 — Marine.

A droite, un marin se tient debout à la pointe d'un banc
de sable et regarde la mer; près de lui des barques
échouées attendant la marée montante.

Un bateau voilier gagne la pleine mer.

Le ciel est chaud et nuageux.

Signé du monogramme à gauche sur un pilotis.

Toile. Haut., 33 cent.; larg., 44 cent.

VELDE

(W. VAN DEN)

109 — Marine.

Deux pêcheurs de crevettes se tiennent près d'un banc
de sable et d'une barque dont les marins plient les voiles;
une seconde barque, plus éloignée, conserve encore la
sienne; deux navires, dans le lointain, gagnent la pleine
mer.

Bois. Haut., 33 cent.; larg., 40 cent.

VELDE

(W. VAN DEN)

110 — La Meuse.

Sur le premier plan, trois pêcheurs montent une barque et vont traverser la Meuse. Un bâtiment s'avance vers

le port ; ses voiles sont gonflées, à sa poupe flotte le pavillon national ; d'autres barques côtoient le rivage.

Au fond, une église et un moulin viennent se refléter dans les eaux.

Soleil couchant.

Bois. Haut., 32 cent.; larg., 38 cent.

VELDE

(W. VAN DEN)

111 — Marine.

Sur une mer calme et transparente, une barque avec beaucoup de passagers et d'hommes d'équipage ; à droite, un vaisseau ; à gauche, un deuxième, dont les voiles sont gonflées par le vent.

En avant, deux pêcheurs dans un canot sont occupés à retirer leurs filets.

Signé du monogramme.

Bois. Haut., 30 cent.; larg., 38 cent.

VELDE

(W. VAN DEN)

112 — La Brise.

La brise se fait sentir, la mer monte et couvre les bancs de sable.

Des bateaux pêcheurs quittent le rivage, poussés par le vent ; un bâtiment gagne le large, les voiles gonflées.

Le ciel est nuageux et mouvementé.

Signé.

Toile. Haut., 40 cent.; larg., 46 cent.

VERNET

(JOSEPH)

113 — Vue prise aux environs de Gênes.

Paysage, marine, soleil levant. Peint par Joseph Vernet, en Italie. Première époque.

Toile. Haut., 36 cent.; larg., 34 cent.

VERNET

(JOSEPH)

114-115-116-117 — Les Quatre Heures du Jour.

Charmantes esquisses du maître. Ont été peintes pour son ami Hubert Robert, en 1781.

Elles ont ensuite passé du cabinet de M. Hubert Robert dans celui de M. Denon, directeur des musées de l'empire.

Bois. Haut., 25 cent.; larg., 17 cent.

WERF

(Le chevalier ADRIAAN VAN DEN)

118 — Le Vendeur d'œufs.

De la galerie de S. A. R. Monseigneur le duc d'Orléans.

Ce tableau représente un jeune garçon assis, qui paraît réfléchir sur la fragilité de sa marchandise.

On voit près de lui deux œufs cassés et dans le fond du tableau plusieurs figures, parmi lesquelles est une femme montée sur un âne.

Gravé par de Launay le jeune.

Bois. Haut., 29 cent.; larg., 21 cent.

WATTEAU

119 — La Diseuse d'aventure.

Première manière du maître?

Dans un parc, trois jeunes femmes écoutent une vieille diseuse de bonne aventure; l'une d'elles lui donne sa main et se laisse prédire l'avenir.

Un jeune garçon écoute et paraît surpris; un chien est près de lui.

Gravé.

Toile. Haut., 60 cent.; larg.; 50 cent.

WATTEAU

120 — Le Souper galant.

Des seigneurs et des courtisanes prennent part à un copieux festin; l'un d'eux, le chapeau sur la tête, un manteau sur l'épaule. Un autre cavalier enlace de son bras sa voisine, et lui présente une glace où viennent se refléter des traits allumés par l'ivresse. Derrière un autre groupe s'embrasse.

Un serviteur prépare des rafraîchissements.

La table est couverte de plats, verres, bouteilles, carafes, etc., etc.

Bois. Haut., 35 cent.; larg., 45 cent.

WEENIX

(JEAN-BAPTISTE)

121 — Nature morte.

Un canard plumé est placé au milieu d'un groupe de gibier.

Bois. Haut., 58 cent.; larg., 67 cent.

WOUVERMANN

122 — La Charrette de foin.

Sur le bord d'un chemin, deux paysannes sont assises; l'une d'elles soutient un enfant, et elles causent avec un vieillard debout, appuyé sur son bâton.

Plus loin, deux chevaux dont un paysan s'occupe.

Au deuxième plan, deux enfants montés sur une charrette de foin tiennent un oiseau attaché et le donnent à un autre qui est en bas de la charrette.

Dans le lointain, à gauche, quelques voyageurs.

Gravé par Moireau.

Signé à gauche du monogramme *P. W.*

Bois. Haut., 40 cent.; larg., 34 cent.

WOUVERMANN

123 — Effet de neige.

La terre est couverte de neige, le ciel est sombre; un paysan, accompagné d'un enfant, porte un fagot sur ses épaules; d'autres, arrêtés sur le bord d'un chemin, allument un grand feu.

Signé à gauche, *P. W.*

Bois. Haut., 20 cent.; larg., 27 cent.

WOUVERMANN
(PIETER)

124 — Le Rendez-Vous de Chasse.

A droite, un seigneur, monté sur un cheval brun, s'entretient avec un de ses amis qui est descendu de cheval. A gauche, un autre cavalier, monté sur un cheval blanc,

appelle ses chiens; près de lui, un piqueur tient en
ride un autre cheval.

On aperçoit des ruines dans le lointain. Un soleil couchant éclaire ce tableau.

Signé à gauche du monogramme.

Toile. Haut., 52 cent.; larg., 75 cent.

ZACHT LEVEN

(HERMANN)

125 — Bords du Rhin.

Sur le bord d'un chemin des voyageurs sont au repos;
un cavalier se dirige vers eux; au pied d'un rocher baigné
par le Rhin, on voit une chaumière rustique.

Sur la rive opposée on aperçoit un charmant village.

Bois. Haut., 30 cent.; larg., 40 cent.

Hôtel Drouot, Salle n° 8

COLLECTION G. GAUDINOT

Exposition particulière : Le Samedi 13 Février 1869

de une heure à cinq heures.

Me CHARLES PILLET	M. HARO
COMMISSAIRE-PRISEUR	PEINTRE — EXPERT

Paris. — Imprimerie Pillet fils aîné, rue des Grands-Augustins, 5.

9 782329 437712